註東坡先生詩

目録下

□〻世□晴陰井贊同題不

諧琴韻識仙心北平尚友神相晤東嶺重来蹬有音
為公酬息壤海天秋帶月華臨 嘉慶四年仲春望後將〻
覃溪先生以宋本內方南圭和坡公韻詩見示賦此題於施注本內寧化伊秉綬

蠒紙橫紋雪水陰斷碑薦福墨緣深得符鄭氏重修本 鄭羽重脩施注本載与南圭詩與宋本六字不符 始見蘇亝徧購心剩字
能爲證世破琴無等有知音 先生適以破琴詩屬和 曉窗清快真無誤 陰字韻詩墨蹟曉窗清快作曉窗明快 似覓坡公墨本臨

蘇齋弟子金學蓮題

迴首冬寒雪釀陰蘇齋設卮酒杯深 丁巳十二月十九日獲觀此本同人題名 題名快覩初槧本得句翻遲二載心先
後郘查紛補注流傳毛宋幾知音熊〻寶壺今猶古不〻區〻楷法臨 蹟庋吳興雲浦陰新居
唱疊佇情深吾宗詩有南圭派粵海秋先鄭羽心八弓指遺全寶相 先生補注蘇詩八卷 一編合訂大宮音
馮氏新刻合注本 紬繙不厭千回讀恍接先生笠屐臨 己未中夏

蘇齋弟子方楷題

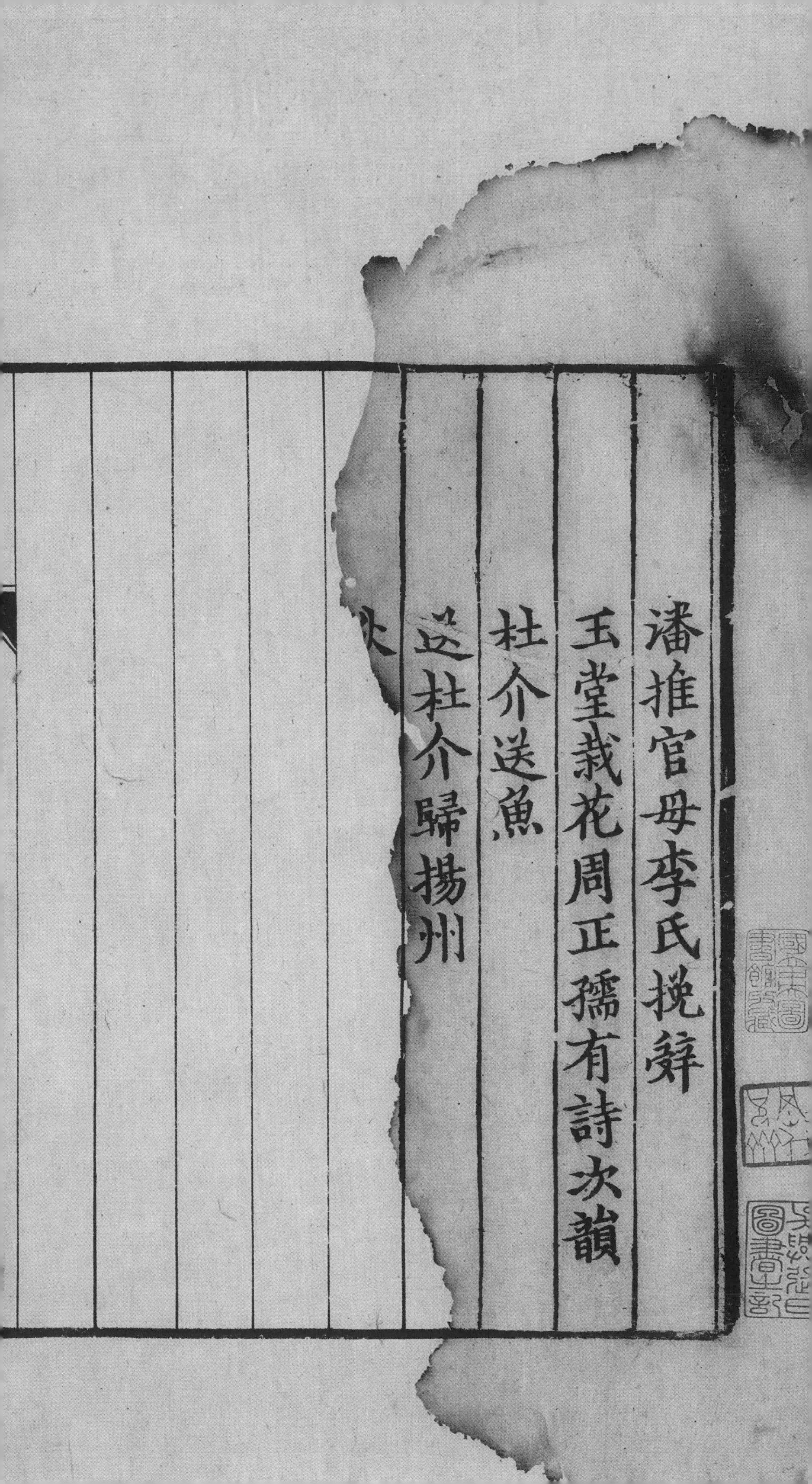

諸公稍復其舊亦太平盛
事也

趙令晏崔白大圖幅徑三丈

次韻張昌言給事省宿

次韻三舍人省上

送錢承制赴廣西路分都監

次韻曾子開從駕二首

再和

次韻[illegible]

偶

詩忽

詩戲用其韻荅之

次韻子由書李伯時所藏韓幹

馬

次韻劉貢父獨宿省中

軾以去歲春夏侍立邇英而秋
冬之交子由相繼入侍次
韻絕句四首各述所懷

送宋朝散知彭州迎侍二親

郭熙畫秋山平[illegible]

次[illegible]

書[illegible]

書鄜陵王主[illegible]二首

昨見韓丞相言王定國今日玉

堂獨坐有懷其人

和張文潛高麗松扇

李誠之待制六丈挽辭

賜[illegible]

宮又遣中使就賜御書詩
各一首臣軾得紫薇花絕
句其詞云絲綸閣下文書
靜鍾鼓樓中刻漏長獨坐
黃昏誰是伴紫薇花對紫

徽郎翌日以表謝又進詩

一篇自軾詩云

和王晉卿并引

謝王澤州寄長松兼簡張天覺

二首

次韻劉

道[illegible]

和子由除夜元日[illegible]三[illegible]
首

次韻荅張天覺二首

次韻黄魯直畫馬試院中作

余與李廌方叔相知久矣領貢
舉事而李不得第愧甚作

詩送之

和王晉卿送梅花

次韻宋肇遊西池

卷二十七

詩四十五首 時在翰林

書艾宣畫四首

金明池始見花詩次韻為

荅

次韻子由五月一日同轉對

韓康公挽辭三首

栢石圖詩 幷引

慶源宣義王丈以累舉得官為

洪雅主簿雅州戶掾遇吏
民如家人人安樂之既謝
事居眉之青神瑞草橋放
懷自得有書來求紅帶既
以遺之且作詩為戲請黃
魯直秦少游各為賦一首

送錢穆父出守越州二首

戲書李伯時畫御馬好頭赤

送程七表弟知泗州

送曹輔赴閩漕

次韻王郎子立風雨有感

次韻黃魯直嘲小德小德魯直

子其母微故其詩云解著

潛夫論不妨無外家

書林次中所得李伯時歸去来

陽關二圖後

送蹇道士歸廬山

卧病逾月請郡不許復直玉堂

十一月一日鎖院是日苦

寒詔賜宫燭法酒書呈同

送周正孺知東川

題李伯時畫趙景仁琴鶴圖二

首

次前韻再送周正孺

書王定國所藏煙江疊嶂圖

次韻王定國會飲清虛堂

興龍節侍宴前一日微雪與子

由同訪王定國小飲清虛堂定國出數詩皆佳而五言尤奇子由又言昔與孫巨源同過定國感念存沒悲歎久之夜歸稍醒各賦一篇明日朝中以示定國

王晉卿所藏著色山二首

[illegible]音[illegible]
麗因復次韻不獨紀其詩
畫之美亦為道其出處契
闊之故而終之以不忘在[illegible]
莒之戒亦朋友忠愛之義
也

夜直玉堂携李之儀端叔詩百
餘首讀至夜半書其後

景仁和賜酒燭詩復次韻謝之

次韻劉貢父春日賜幡勝

再和

葉公秉王仲至見和次韻荅之

再和

卷二十八

詩五十八首 起在兵部盡禮部尚書

王[illegible]父挽[illegible]

書王定國所藏王晉卿畫著色山二首

送呂昌朝知嘉州

次韻黃魯直寄題郭明父府推潁州西齋二首

次韻秦少章和錢蒙仲

次韻錢越州

同秦仲二子雨中遊寶山
去杭州十五年復遊西湖用歐
陽察判韻
與莫同年雨中飲湖上
送子由使契丹
次韻荅劉景文左藏
坐上復借韻送嵩巖軍通判葉

古以遺其子子明學士

明有詩次其韻

次韻錢越州見寄

文登蓬萊閣下石壁千丈為海浪所戰時有碎裂淘灑歲久皆圓熟可愛土人謂此彈子渦也取數百枚以養石菖蒲且作詩遺垂慈堂

老人

次韻毛滂法曹感雨

送鄧宗古還鄉

參寥上人初得智果院會者十

六人分韻賦詩得心字

哭王子立次兒子迨韻三首

異鵲 并引

次韻答適宣德小飲巽亭

次韻曹輔寄壑源試焙新芽
次韻袁公濟謝芎椒
次韻楊次公惠徑山龍井水
次韻劉景文登介亭
袁公濟和復次韻荅之
介亭餞楊傑次公
次京師韻送表弟程懿叔赴夔
州運判

四首

雪後便欲與同僚尋春一病彌

月雜花都盡獨牡丹在耳

劉景文左藏和順闍黎詩

見贈次韻荅之

次韻劉景文周次元寒食同遊

西湖

連日與王忠玉張全翁遊西湖

書景文所藏宗少文一筆畫

真覺院有洛花花時不暇往四
月十八日與景文同往賞

枇杷

又和景文韻

西湖壽星院此君軒

仲天貺王元直自眉山来見余

錢塘留半歲旣行作絶句

卷二十九

詩五十八首 時守錢塘

次韻林子中蒜山亭見寄

再和并荅楊次公

次韻劉景文送錢蒙仲三首

菩提寺南漪堂杜鵑花

題楊次公春蘭

題次公蕙

謝闞景仁送紅梅栽二首

辯才老師退居龍井不復出入余往見之嘗出至風篁嶺左右驚曰遠公復過虎谿矣辯才笑曰杜子美不云乎與子成二老来往亦風流因作亭嶺上名曰過谿亦曰二老謹次辯才韻

熙寧中軾通守此郡除夜直都廳囚繫皆滿日暮不得返舍因題一詩于壁今二十年矣衰病之餘復忝郡寄再經除夜庭事蕭然三圄皆空盖同僚之力非拙朽所致因和前篇呈公濟子侔二通守

遊寶雲寺得唐庚猷爲杭州日

送客舟中手書一絶句云

山雨霏微不滿空畫船來

往疾輕鴻誰知獨臥朱簾

裏一榻無塵四面風明日

送庚猷之子坰赴鄂州舟

中遇微雨感歎前事因和

其韻作兩首送之且歸其

聞錢道士與越守穆父飲酒送
二壺

次韻劉景文路分上元

再和楊公濟梅花十絕

與葉淳老侯敦夫張秉道同相
視新河秉道有詩次韻二
首

詩五十七首 起在錢塘盡出守汝陰

欃筍 并引

次韻曹子方龍山真覺院瑞香花

次韻曹子方運判雪中同遊西湖

次韻仲殊雪中遊西湖二首

次韻參寥同前

次韻劉景文西湖席上

次韻荅馬忠玉

予去杭十六年而復来留二年
而去平生自覺出處老少
粗似樂天雖才名相遠而
安分寡求亦庶幾焉三月
六日来別南北山諸道人
而下天竺惠淨師以醜石

破琴詩并引

題王晉卿畫後

贈武道士彈賀若

元祐六年六月自杭州召還汶公館我於東堂閱舊詩卷

次諸公韻三首

次韻子由書王晉卿畫山水一首而晉卿和二首

感舊詩 并引

西湖秋涸東池魚窘甚因會客呼網師遷之西池為一笑之樂夜歸被酒不能寐戲作放魚一首

復次放魚韻荅趙承議陳教授

九月十五日觀月聽琴西湖示坐客

送歐陽主簿赴官韋城四首

泛潁

六觀堂老人草書

次韻劉景文見寄

次韻趙景貺督兩歐陽詩破陳

酒戒

叔彌云蘋常不飲故不作詩勸

蘋常飲

臂痛謁告作三絕句示四君子

到潁未幾公帑已竭齋廚

索然戲作

景貺履常屢有詩督叔弼季默

倡和已許諾矣復以此句

挑之

贈月長老

次韻荅錢穆父穆父以僕得汝

韓退之孟郊墓銘云以昌其詩
舉此問王定國當昌其身
耶昌其詩也来詩下語未
契作此荅之
送歐陽推官赴華州監酒
十月十四日以病在告獨酌
獨酌試藥玉滑盞有懷諸君子
明日望夜月庭佳景不可

卷三十一

詩三十九首 時守汝陰

齋戲作

聚星堂雪并引

歐陽叔弼見訪誦陶淵明事歎

其絕識既去感槩不已而

賦此詩

喜劉景文至

禱雨張龍公既應劉景文有詩

次韻

劉景文家藏樂天身心問荅三

首戲書一絶其後

西湖戲作

送歐陽季默赴闕

用前韻作雪詩留景文

和劉景文見贈

和劉景文雪

次前韻送劉景文

韻送歐陽叔弼比来諸君
唱和叔弼但袖手旁睨而
已臨別忽出一篇頗有淵
明風製坐皆驚歎

次韻趙景貺春思且懷吳越山
水

次韻陳履常張公龍潭

小飲西湖懷歐陽叔弼季默呈

趙景貺陳履常

蠟梅一首贈趙景貺

送王諫朝散赴闕

次韻致政張朝奉仍招晩飲

閻立本職貢圖

次韻王滁州見寄

趙景貺以詩求東齋榜銘昨日

聞都下寄酒來戲和其韻

卷三十二

詩三十六首 起自潁移揚盡兵部尚書

淮上早發

次韻徐仲車

次韻林子中春日新堤書事見

寄

送陳伯脩察院赴闕

送張嘉父長官

在潁州與趙德麟同治西湖未

成改揚州三月十六日湖

成德麟有詩見懷次其韻

次韻德麟西湖新成見懷

再次韻德麟新開西湖

到官病倦未嘗會客毛正仲惠

茶乃以端午小集石塔戲

作一詩為謝

雙石并引

次韻晁无咎學士相迎

送程德林赴真州

谷林堂

予少年頗知種松手植數萬株

皆中梁柱矣都梁山中見

杜輿秀才求學其法戲贈

二首

行宿泗間見徐州張天驥次舊

韻

之會今復以是日相遇于
宋凡十五年憂樂出處有
不可勝言者而定國學道
有得百念灰冷而顏益壯
顧予衰病心形俱瘁感之
作詩

九日次定國韻

召還至都門先寄子由

次韻定國見寄

次韻蔣穎叔錢穆父從駕景靈宮二首

近以月石硯屏獻子功中書公復以涵星硯獻純父侍講子功有詩純父未也復以月石風林屏贈之謹和子功詩并求純父數句

卷三十三

詩四十一首 起在兵部 盡禮部尚書

見和西湖月下聽琴

見和仇池

玉津園

籍田

頃年楊康功使高麗還奏乞立

海神廟于板橋僕嫌其地

湫隘移書使遷之文登因

古廟而新之楊竟不從不

何也次韻荅之

沐浴啓聖僧舍與趙德麟邂逅

次韻王仲至喜雪御筵

僕所藏仇池石希代之寶也王晉卿以小詩借觀意在於奪不敢不借然以此詩先之

次天字韻荅岑巖起

次韻蔣潁㶚二首

扈從景靈宮

凝祥池

和㶚盎畫馬

王晉卿示詩欲奪海石錢穆父

王仲至蔣潁㶚皆次韻穆

至二公以為不可許獨潁

㶚不然今日潁㶚見訪親

者若能以韓幹二散馬易

之者蓋可許也復次前韻

欲以石易畫晉卿難之穆父欲

兼取二物潁州欲焚畫碎

石乃復次前韻并解二詩

之意

生日蒙劉景文以古畫松鶴為

壽且貺佳篇次韻為謝

程德孺惠海中柏石兼辱佳篇
輙復和謝
次秦少游韻贈姚安世
次丹元姚先生韻
次韻秦少游王仲至元日立春
三首
上元侍飲樓上三首呈同列
送蔣頴州帥熈河 并引

次韻王晉卿奉詔押高麗宴射
次韻錢穆父王仲至同賞田曹
梅花
送襄陽從事李友諒歸錢塘
次韻吳傳正枯木歌
送黃師是赴兩浙憲
送范中濟經略侍郎分韻賦詩
得先字且贈以魚枕杯四

馬籌一

書晁説之考牧圖後

呂與琳學士挽詞

丹元子示詩飄飄然有謫仙風

氣吳傳正繼作復次其韻

次韻王定國書丹元子寧極齋

王仲至侍郎見惠稗栝種之禮

曾北垣下今百餘日矣蔚

詩五十七首起在禮部盡遷嶺南

次韻錢穆父馬上寄蔣潁叔二首

表弟程德孺生日

七年九月自廣陵召還復館于浴室東堂八年六月乞會稽將去汶公乞詩乃復用前韻三首

吳子野將出家贈以扇山枕屏

東府雨中別子由

謝運使仲適座上送王敞仲北

使

書丹元子所示李太白真

次韻曾仲錫承議食蜜漬生荔

支

大行太皇太后高氏挽詞二首

題毛女真

寄餾合剛餅與子由

次韻子由清汶老龍珠丹

次韻子由書清汶老所傳秦湘

二女圖

紫團參寄王定國

次韻劉燾撫勾蜜漬荔支

立春日小集戲李端叔

三月二十日多葉杏盛開

三月二十日開園三首

次韻王雄州送侍其涇州

臨城道中作并引

過湯陰市得豌豆大麥粥示三

兒子

子由新修汝州龍興寺吳畫壁

過高郵寄孫君孚

見則有闕矣明日阻風復
留見之作三絕句呈聞復
并請轉呈於參寥子各賦
數首

六月七日泊金陵阻風得鍾山
泉公書寄詩為謝

贈清涼寺和長老

予前後守倅餘杭九五年夏秋

之間蒸熱不可過獨中和

堂東南頫下瞰海門洞視

萬里三伏常蕭然也紹聖

元年六月舟行赴嶺外熱

甚忽憶此處而作是詩

慈湖夾阻風五首

過廬山下 并引

江西

宿建封寺曉登盡善亭望韶石

三首

月華寺

南華寺

碧落洞

何公橋

峽山寺

舟行至清遠縣見顧秀才極談

贈蒲澗信長老

發廣州

浴日亭

遊羅浮山示兒子過

十月二日初到惠州

寓居合江樓

白水山佛迹巖

白水山湯泉

廖守携酒見過用前韻作詩聊

復和之

寄鄧道士 并引

上元夜

正月二十四日與兒子過賴仙

芝王原秀才僧曇潁行全

道士何宗一同遊羅浮道

院及栖禪精舍過作詩和

其韻寄邁迨

正月二十六日偶與數客野步嘉祐僧舍東南野人家雜花盛開扣門求觀主人林氏媼出應白髮青裙少寡獨居三十年矣感歎之餘作詩記之

龍尾石硯寄猶子遠

卷三十六

三月十九日攜白酒鱸魚過詹

使君食槐葉冷淘

江漲用過韻

連雨江漲二首

四月十一日初食荔子

桄榔杖寄張文潛時初聞黃魯

直遷黔南范淳父遷九疑

答周循州

寢

荔支歎

江月五首并引

聞正輔表兄將至以詩迎之

再和

同正輔表兄游白水山

與正輔遊香積寺

次韻正輔同遊白水山

和子由椓白髮

十一月九日夜夢與人論神仙道術因作一詩八句旣覺頗記其語錄呈子由弟後四句不甚明了今足成之

章質夫送酒六壺書至而酒不達戲作小詩問之

小圃五詠

枸杞

甘菊

薏苡

雨後行菜圃

殘臘獨出二首

新年五首

二月八日與黄壽僧曇穎過道

遂堂何道士宗一問疾

卧雲 并引

丙子重九二首

白鶴峯新居欲成夜過西鄰翟
秀才二首

次韻子由所居六詠

吳子野絕粒不睡過作詩戲之
芝上人陸道士皆和予亦
次其韻

次韻惠循二守相會

又次韻惠守許過新居

又次韻二守同訪新居

循守臨行出小鬟復用前韻

種茶

白鶴山新居鑿井四十尺遇磐

石石盡乃得泉

三月二十九日二首

藤也旦夕當追及作此詩

示之

行瓊儋間肩輿坐睡夢中得句

云千山動鱗甲萬谷酣笙

鐘覺而遇清風急雨戲作

此數句

次前韻寄子由

安期生 并引

夜夢 并引

遷居之夕聞鄰舍兒誦書欣然

而作

聞子由瘦

客俎經旬無肉又子由勸不讀

書蕭然清坐乃無一事

宥老楮

潮[illegible][illegible] 并引

次韻子由三首

東亭

東樓

椰子冠

次韻子由月季花再生

次韻子由浴罷

借前韻賀子由生第四孫斗老

獨覺

十二月十七日夜坐達曉寄子由

謫居三適

旦起理髮

午窗坐睡

夜臥濯足

子由生日

以黃子木拄杖為子由生日之

詩六十三首 起在儋耳盡北歸

過於海舶得邁寄書酒作詩遠
和之皆粲然可觀子由有
書相慶也因用其韻賦一
篇并寄諸子姪

上元夜過赴儋守召獨坐有感

海南人不作寒食而以上巳上
冢子攜一瓢酒尋諸生皆

出矣獨老符秀才在因輿

飮至醉符盖儋人之安貧

守靜者也

新居

五色雀并引

倦夜

用過韻冬至輿諸生飮酒

縱筆三首

句

被酒獨行徧至子雲威徽先覺

四黎之舍三首

夜燒松明火

庚辰歲人日作詩聞黃河已復

北流老臣舊數論此今斯

言乃驗二首

庚辰歲正月十二日天門冬酒

熟子自漉之且漉且嘗遂
以大醉二首

追和戊寅歲上元

題過所畫枯木竹石三首

真一酒歌 并引

汲江煎茶

予來儋耳得吠狗曰烏觜甚猛
而馴隨予遷合浦過澄邁

澄邁驛通潮閣二首

洞酌亭并引

六月二十日夜渡海

自雷適廉宿於興廉村淨行院

廉州龍眼質味殊絶可敵荔支

合浦愈上人以詩名嶺外將訪

道南嶽留詩壁上云閑伴

孤雲自在飛東坡居士過

其精舍戲和其韻

梅聖俞之客歐陽晦夫使工畫
茅庵已居其中一琴橫床
而已曹子方作詩四韻僕
和之云

歐陽晦夫惠琴枕

留別廉守

豁笙并引

将至廣州用過韻寄藹逌

贈鄭清叟秀才

和孫叔靜兄弟李端叔唱和

廣倅蕭大夫借前韻見贈復和

荅之二首

跋王晉卿所藏畫

徐熙杏花

趙昌四季

卷三十九

詩五十一首 時歸自南止卒於毗陵

昔在九江與蘇伯固唱和其略
曰我夢扁舟浮震澤雪浪
橫江千頃白覺来滿眼是
廬山倚天無數開青壁蓋
實夢也昨日又夢伯固手
持乳香嬰兒示予覺而思
之蓋南華賜物也豈復與
伯固相見於此耶今得来

次韻韶守狄大夫見贈二首

次韻韶倅李通直二首

狄韶州煮蔓菁蘆菔羹

李伯時畫其弟亮功舊隱圖

贈龍光長老

贈嶺上老人

贈嶺上梅

予昔過嶺而南題詩龍泉鐘上

今復過而北次前韻

過嶺二首

留題顯聖寺

予初謫嶺南過田氏水閣東南一峯豐下鋭上俚人謂之雞籠山予更名獨秀峯今復過之戲留一絶

乞穀珠贈南禪湜老

復次韻

贈虔州術士謝君

虔州景德寺棨師湛然堂

和陽行先用鬱孤臺韻

用數珠韻贈湜長老

和猶子遲贈孫志舉

南禪長老和詩不已故作六蟲篇荅之

明日南禪和詩不到重賦數株
篇以督之二首

用前韻再和霍大夫

用前韻再和許朝奉

用前韻再和孫志舉

崔文學甲携文見過蕭然有出
塵之姿問之則孫介夫之
甥也故復用前韻賦一篇

虔州呂倚承事年八十三讀書

作詩不已好收古今帖貧

甚至食不足

王子直去歲送子由北歸往反

百舍今又相逢贛上戲用

舊韻作詩留别

次韻江晦𠣘二首

次韻江晦𠣘兼呈器之

寒食與器之遊南塔寺寂照堂

器之好談禪不喜遊山山中筍

出戲語器之可同參玉板

長老作此詩

永知清都觀道士童顏鬒髮問

其年生於丙子盖與余同

求此詩

贈詩僧道通

予昔作壺中九華詩其後八年

復過湖口則石已為好事

者取去遡和前韻以自解

云

次韻郭功甫二首

次韻法芝舉舊詩

次舊韻贈清涼長老

睡起聞米元章到東園送麥門

夫人閤四首

春日

皇帝閤六首

太皇太后閤六首

皇太后閤六首

皇太妃閤五首

夫人閤四首

遺詩三十三首

老翁井

獄中寄子由

十二月二十八日出獄次前韻

劉顗宮苑退老於廬山石碑菴

顗陝西人本進士換武家

有聲低

西山戲贈武昌王居士并引

十二月二十日恭聞　太皇太

可故作挽詩二首

補唐文宗柳公權聯句并引

藝絕似康并引

戲孫公素

趙成伯家有姝麗僕忝鄉人不肯開樽徒吟春雪詩謹依元韻以當一笑

南屏謙師遠來設茶

盧飄飄

劉監倉家煎米粉作餅子東坡云為甚酥潘邠老家造逡巡酒東坡飲之云莫作醋錯著水來否後携家飲郊外數日因作小詩戲劉公求之

贈包安静先生

申公事故作

初貶英州過杞贈馬夢得

贈虔州慈雲寺鑒老浴

洗兒戲作

過子出新意以山芋作玉糝羹

色香味皆奇絕天酥陀則

不可知人間決無此味也

擷菜 并引

卷四十一

歸田園居六首 并引

形贈影

影荅形

神釋

詠二踈

詠三良

詠荆軻

荅龎參軍

卷四十二
追和陶淵明詩五十三首

西田穫旱稻
下濮田舍穫
使都經錢谿
赴假江陵夜行
擬古九首
戴主簿
怨詩示龐鄧
劉柴桑

註東坡先生詩總目下

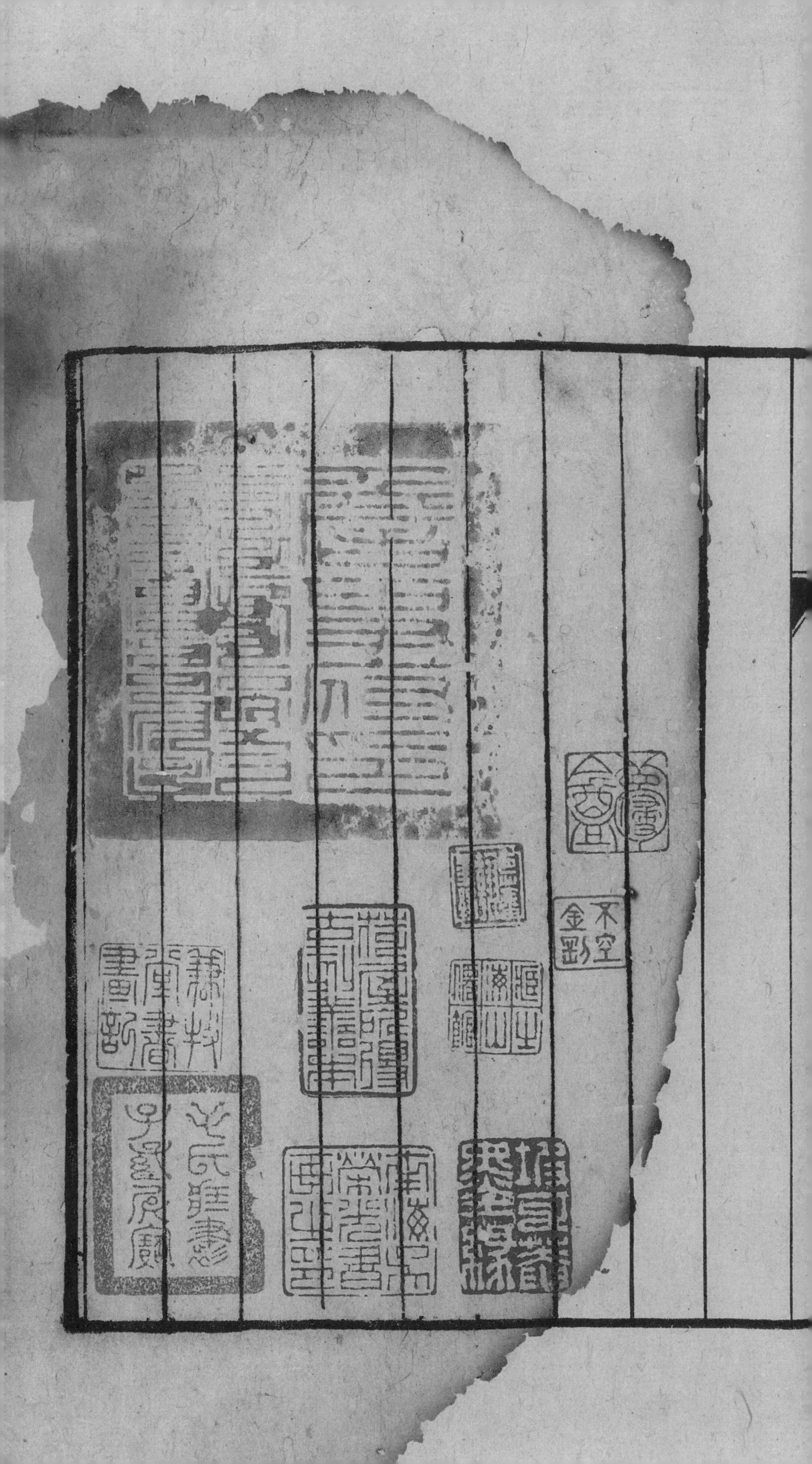

不空金剛

丁未十二月拜坡公生日於得句軒同集者為羅蘿邨文俊鮑逸卿俊羅六湖天池馬雲卿儀清
熊遂江景星主人出所藏澄清堂帖太清樓書譜唐拓雲麾將軍碑化度寺張長史郎官石壁
記趙松雪所藏絳帖玉版九行游景仁所藏蘭亭十二種羣玉堂懷素千文俱希世之寶復觀
趙子固墨蘭卷德畬戲仿之景星謹記

邁往宜興過隨行此二子
為學頗長進追論古事廣興
治亂稍有可觀過作詩楚詞亦
不凡也此二竟何用但喜其不廢

家業耳　豪

同之安及之　哉自

哉再應萬物無狀曲豪　過

聽寵以　佳篇詞指高妙

東坡居士

玩情脂能以不稱光

增榮矣重煩妙筆揮灑杜

為貺併獲瑰異何以為謝繇

書總評　軾再拜

有二日揚俞州寫

侍者不

此等書學得而

但是文字語言

人道是須要畫

此乃正念垂露
非過因緣合
筆之之乎

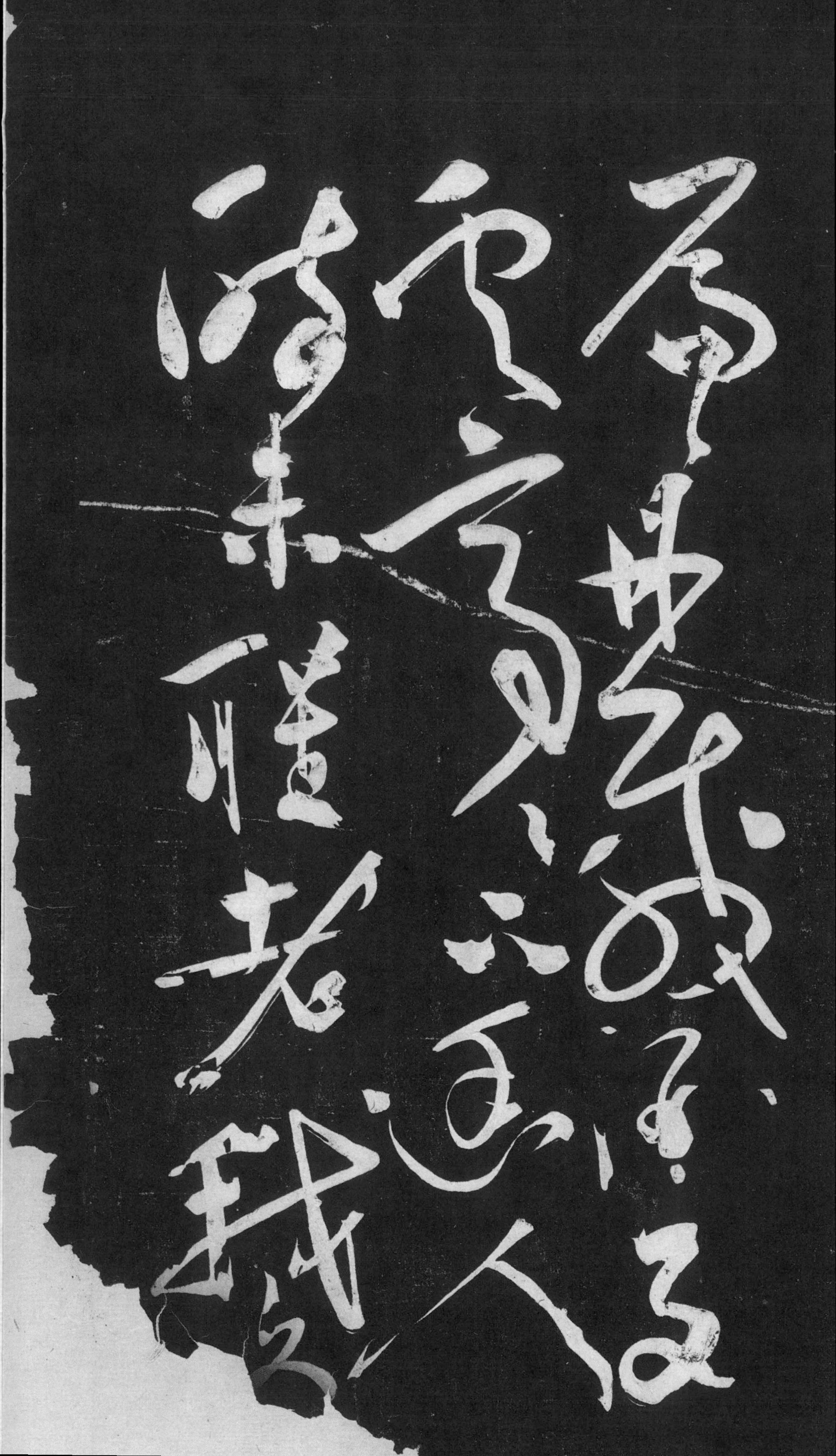

是日得閑便
須焚香和
七言經

軾

東坡居士